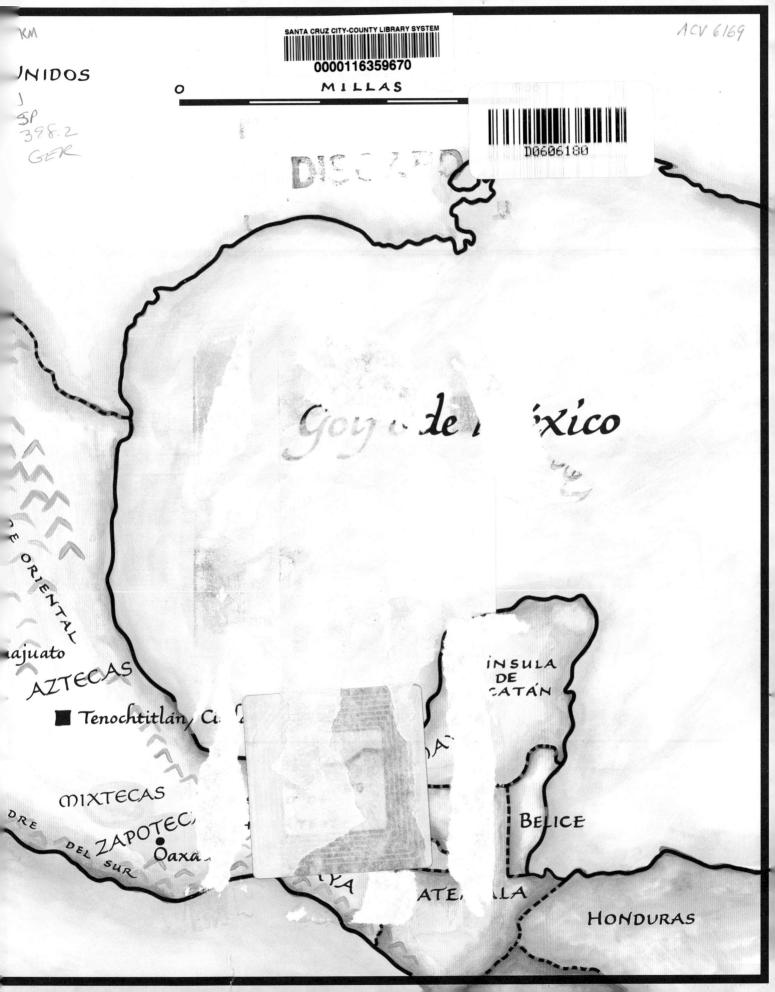

O MILLAS

Goy de México

DE ORIENTAL

ajuato

AZTECAS

■ Tenochtitlán, C

MIXTECAS

DRE

DEL SUR ZAPOTEC

● Oaxa

YA

INSULA
DE
CATÁN

BELICE

ATE ALA

HONDURAS

FIESTA FEMENINA

¿No estoy yo aquí, tu madre?
¿No estás bajo mi sombra y protección?
¿No soy tu cimiento de vida?
¿No estás en los pliegues de mi manto,
en el cruce de mis brazos?
¿Necesitas algo más?

Las cinco preguntas que la Virgen de Guadalupe le hizo a Juan Diego

A los mexicanos, que han compartido con orgullo y
generosidad su vibrante cultura conmigo —M-J. G.

Siempre para ti, Wendi —M. C. G.

Barefoot Books
3 Bow Street, 3rd Floor
Cambridge, MA 02138

Primera edición por Barefoot Books USA

Primera edición en español: © 2003, Distribuidora Planeta Mexicana, S. A. de C.V.
Av. Insurgentes Sur 1898, piso 11, Col. Florida

Traducción al español: Una Pérez Ruiz
Cuidado de la edición: Rayo Ramírez
Edición para Estados Unidos: Versal Editorial Group
www.versalgroup.com

Las ilustraciones se elaboraron en acrílicos en papel de calidad de archivo
Diseño por Jennie Hoare, Inglaterra

Publisher Cataloging-in-Publication Data
Fiesta Femenina : homenaje a las mujeres a través de historias tradicionales mexicanas
/recopilado por Mary-Joan Gerson; ilustrado por Maya Christina González; traducido
por Una Pérez Ruiz.
p. cm.
Originally published as: Fiesta Femenina : celebrating women in Mexican folktales, 2001
Summary: A collection of folktales from various cultures in Mexico, all focusing on the
important roles of women—from Rosha, a young girl who rescues the sun, and the goddess
Tangu Yuh, to Kesne, a Zapotec princess, and the Virgin Mary.
ISBN 1-84148-964-6
1. Tales–Mexico. [1. Folklore–Mexico.] I. Gonzalez, Maya Christina, ill. II. Title
[E]-dc21 2003 AC CIP

FIESTA FEMENINA

HOMENAJE A LAS MUJERES A TRAVÉS DE

HISTORIAS TRADICIONALES MEXICANAS

Recopilado por **Mary-Joan Gerson**

Ilustrado por **Maya Christina González**

Barefoot Books
Celebrating Art and Story

Contenido

Introducción

En la cultura mexicana lo mágico está en todas partes. Desde las cumbres más altas de la Sierra Madre, hasta el más diminuto colibrí, todo lo que tiene vida es contemplado con un sentido de misterio y sorpresa. Esto también sucede con el folclore mexicano. En historias en las que el pequeño topo puede salvar al sol, parece que el más ordinario de los personajes o de los sucesos puede también ser el más extraordinario y lleno de magia.

Una manera en la que las historias mexicanas representan esta cualidad mágica de la vida es a través de sus personajes femeninos. Si bien no aparecen en escena con la misma frecuencia que los hombres, las mujeres en el folclore mexicano son extremadamente poderosas. Regularmente poseen talentos especiales o rasgos que hacen posible que encaren los desafíos que se les presentan. Estos retos pueden tomar la forma de hombres descarriados, poderosos hechiceros o incluso del mismo Diablo. Pero estas excepcionales mujeres, mediante su fuerza interior y su creatividad, son capaces de superar las fuerzas que se les oponen.

Las historias que aparecen en *Fiesta femenina* fueron seleccionadas porque presentan personajes femeninos únicos y poderosos y celebran los aspectos extraordinarios de las mujeres mexicanas. La fuerza de estas mujeres la encontramos en la joven Rosha en "Rosha y el sol", que salva a su pueblo que está condenado a la oscuridad eterna, y la inteligencia en la luna que engaña al sol cuando quiere hacerla suya en "Por qué la luna es libre". Una figura única para el pueblo mexicano es la Virgen de Guadalupe, pues su profundo amor los protege cuando nadie más puede hacerlo. Y cuando se trata de valor, las mujeres mexicanas son las más valientes. Blancaflor y Verde Ave muestran un enorme coraje cuando luchan contra la opresión para estar con los hombres que aman.

También incluí varias historias que examinan la complejidad de las mujeres, su habilidad para encarnar lo opuesto, los contrastes, de la vida mexicana. Malintzín es uno de los personajes más controvertidos y misteriosos de la tradición mexicana. En esta versión, ella es a la vez la traidora y protectora de su pueblo, y de este modo revela las muchas facetas que las mujeres manifestan al ser obligadas a participar en el mundo de los hombres. Tangu Yuh y Diosa Hambrienta también son personajes complejos que al mismo tiempo dan y reciben de los mundos que habitan. La historia de Tangu Yuh también enfatiza la importancia de las mujeres en el ámbito del comercio y, en especial, la de las mujeres de la comunidad zapoteca de Tehuantepec, en donde ellas han controlado las finanzas y el comercio y ocupado posiciones estratégicas en el gobierno local por muchos años.

Para ofrecer una perspectiva más completa de la mujer en el folclore mexicano, he tomado estas historias de varias de las ricas tradiciones culturales mexicanas. Los mayas y los aztecas, los dos grupos indígenas más célebres históricamente, están representados por los cuentos de "Rosha y el sol" y "La diosa hambrienta". El cuento de la princesa Verde Ave es uno de los favoritos de los mixtecas, que viven en el suroeste de México. Y el pueblo yaqui del noroeste celebra a las mujeres en "Por qué la luna es libre". Cuando no indico el origen particular de una historia, es porque ésta forma parte de las leyendas de diversos lugares y ningún grupo puede reclamarla como propia. Hay otras, como "Blancaflor" y "La Virgen de Guadalupe", que revelan una mezcla de cultura prehispánica y la influencia de los españoles, quienes, comandados por Hernán Cortés, invadieron México en 1519.

Y bien, ¿cómo vemos reflejadas estas historias en las vidas de las mujeres mexicanas de hoy? Lo vemos en la fuerza de una mujer campesina, que se levanta cada día a preparar tortillas, el elemento principal de la dieta familiar. Lo vemos en la dedicación e inteligencia de las universitarias y profesionistas, a medida que más y más mujeres estudian, se graduan y se incorporan a la población asalariada. Y sobre todo, lo vemos en el poder colectivo de las mujeres mexicanas, que están formando cooperativas de tejedoras en Chiapas y Guanajuato, y centros de salud en Oaxaca, para alcanzar un mejor nivel de vida. Por todo el territorio mexicano, las mujeres están siguiendo modelos e ideales como los de estos cuentos. Parece que todas ellas, como Diosa Hambrienta, tienen un hambre nueva: reclamar su lugar como las fuerzas creadoras de vida de su mundo mexicano.

Mary-Joan Gerson

7

Rosha y el sol

En un pueblo ubicado en lo profundo de las verdes y lozanas colinas mayas vivían dos hermanos, llamados Tup y Rosha. Como muchos niños de la altiplanicie maya, tenían mejillas sonrosadas y cabello negro. La cabellera de Rosha era especialmente abundante y brillosa y caía como tallos de maíz hasta sus pies.

Sus padres siempre estaban ocupados sembrando maíz en sus tierras, por lo que Rosha y Tup se quedaban solos con frecuencia. Durante su infancia, Tup era quien inventaba todos los juegos. Pero cuando crecieron, Rosha tenía sus propias ideas y a veces le gustaba jugar sola. Esto hacía que Tup se enojara mucho. Nada le divertía tanto como obligar a su hermanita a hacer lo que él quería.

Un día, durante la temporada de cosecha, sus padres fueron al pueblo a vender el maíz sobrante. Hacía mucho calor y estaba pegajoso, y todas las brisas quedaban atrapadas detrás de la cortina de árboles de la montaña. Rosha salió sola para sumergir sus pies ardientes en el burbujeante arroyo que quedaba detrás de la casa.

Tup, solo en la casa, sintió cada vez más calor y se puso cada vez más furioso. Miró la llameante bola roja del sol en el cielo y pensó que su hermana seguramente estaba refrescándose por ahí cerca.

—Voy a inventar un juego que será especial y más maravilloso que cualquiera de los que Rosha ha inventado —se dijo—. Voy a atrapar al sol, y Rosha me va a ayudar, ¡lo quiera o no!

Y así lo hizo. A la mañana siguiente, mientras Rosha dormía, Tup se acercó a ella sigilosamente. Llevaba el machete que su padre usaba para cosechar los elotes. Los ojos de Rosha estaban completamente cerrados y su larga cabellera negra caía desde la almohada hasta el piso. Sin hacer ruido y con toda rapidez, ¡Tup dio un machetazo a lo ancho del pelo de Rosha!

Ella se despertó y se frotó los ojos. Trató de sacudirse el polvo y el rocío matinal de su pelo, pero no había nada que sacudir. ¿Dónde estaba su cabello? Entonces vio a su hermano en la esquina de la habitación sonriéndole maliciosamente.

—¡Mi pelo! —gritó—. ¿Qué le hiciste a mi pelo?

Tup comenzó a dar saltos de entusiasmo: —Hice una red para atrapar al sol —se rió.

Rosha salió corriendo de la casa, con los ojos ardiendo por las lágrimas. Cuando llegó a la orilla de la selva, vio que todo lo que Tup decía era cierto. Ahí estaba el sol, chisporroteando luz y calor, enredado y atrapado en su pelo.

—¡Necio! —le gritó a su hermano—. ¡Tonto! Ahora nunca veremos crecer el maíz de nuevo. Tendremos frío y estaremos débiles de la mañana a la noche.

—Eso te enseñará a no tratarme mal —reía Tup.

Rosha trató de liberar al sol de todas las maneras posibles. Jaló y tiró de la red tejida con su cabello. Pero sus manos se quemaron con las feroces llamas solares y sus mejillas se chamuscaron con el intenso calor.

Rosha corrió a la selva para pedir ayuda. Primero se encontró con un venado que masticaba hojas.

—¿Me ayudarás a liberar al sol? —le rogó.

—Oh, no puedo abandonar la selva durante el día. No es seguro para mí —dijo el venado.

Rosha corrió y se encontró con un guajolote silvestre que estaba haciendo su gran nido.

—Por favor, señor guajolote, ayúdeme a liberar al sol. Está atrapado y se va a morir.

—No seas tonta —masculló el animal—. El sol es demasiado grande para ser capturado por mucho tiempo.

Agotada y desilusionada, Rosha se sentó bajo un árbol de caoba, temblando en la fría y oscura mañana. Un pequeño topo se le acercó por la tierra.

—¿Por qué lloras? —le preguntó.

—Estoy tratando de liberar al sol para que podamos volver a sembrar —dijo ella—. Y nadie tiene el valor de ayudarme.

—Yo soy muy valiente —dijo el topo muy seguro—. Te ayudaré.

Rosha sonrió en medio de sus lágrimas y acarició la cabecita del topo, asombrada por lo valiente que podía ser una criatura tan pequeña.

—Oh, señor topo, estoy convencida de que es muy valiente, pero una criatura tan pequeña como usted difícilmente podría ayudarme a liberar al enorme sol.

Al darse cuenta de que el pequeño topo temblaba de frío, Rosha lo tomó y lo envolvió en su rebozo.

El topo se acurrucó y los rítmicos pasos de la niña pronto le hicieron quedarse dormido. Entonces tuvo un sueño maravilloso. En el sueño él era un poderoso héroe, más grande y fuerte que cualquier otro animal de la selva.

Después de un rato, Rosha vio la deslumbrante y chispeante luz del sol atrapado. Cuando llegó hasta él, el topo saltó de su rebozo. Lleno de energía por su sueño, trepó por las hebras del pelo de Rosha y saltó sobre ellas para cortarlas con sus dientes afilados. El valiente topito saltaba de arriba para abajo, y mordía una y otra vez. Era tan veloz que antes de que el sol pudiera quemar sus patas o su hocico, ya había desatado todas las hebras de la red del cabello de Rosha.

Entonces, con una gigantesca llamarada, el sol ascendió de la red y regresó majestuosamente hacia el cielo.

Desde lo alto, el sol agradecido bañó con su luz a Rosha y al pequeño topo. Luego, su voz atronadora sonó en el profundo y verde valle. Éstas fueron sus palabras:

—A ti, topo, te prometo un refugio seguro en la selva. De ahora en adelante, podrás vivir debajo de la tierra, donde ninguna criatura podrá hacerte daño.

—Y a ti, mi niña Rosha, que salvaste mi luz para todo el mundo, te prometo esto: tus ojos y los ojos de todas las mujeres mayas, brillarán con mi luz dorada por siempre.

El sol cumplió su promesa. Si observas cuidadosamente, tal vez un día puedas ver un topo deslizándose por un profundo agujero en la tierra si siente peligro. Pero no tienes que ser tan observador para ver la luz que centellea en los ojos de las mujeres mayas dondequiera que estén. Gracias a la valentía de Rosha, la luz bailará en sus ojos por siempre.

La diosa hambrienta

En los tiempos antes de los albores, los dioses aztecas vivían en los cielos. Allá muy alto, donde vivían los dioses, no había más que aire; no había firmamento, no había tierra. No había aves, ni nubes, ni brisas. Abajo sólo había agua. Había agua por todas partes. El agua se evaporaba en el verano y se congelaba en invierno y salpicaba en medio de las estaciones. Todo estaba mojado y lodoso.

Entre los dioses que ahí residían había una diosa. Su nombre era Diosa Hambrienta, porque tenía ojos y bocas por todo su cuerpo. Los tenía en la espalda, en los dedos de las manos, incluso en los de los pies, ¡por todos lados! Siempre estaba hambrienta, siempre quería comer. Gritaba una y otra vez: "¡Tengo hambre, tengo hambre!" En la mañana gemía: "¡Tengo hambre!" En la tarde gritaba: "¡Tengo hambre!" Y lo peor era que toda la noche gemía y gritaba: "¡Tengo hambre!"

Los demás dioses no podían soportar el escándalo. No podían dormir. No podían pensar.

—¿Qué podemos hacer? —se preguntaban.

Tlaloc, el dios de la lluvia y del relámpago, tuvo una idea: —Les presentaremos nuestro problema a Quetzalcóatl y Tezcatlipoca, los más poderosos de nosotros. Seguramente ellos sabrán solucionarlo.

Fueron todos juntos ante los dos dioses más poderosos y rogaron: —Ayúdennos, por favor. No podemos dormir, no podemos pensar. Deben impedir que ella siga gimiendo día y noche.

Quetzalcóatl también era conocido como Serpiente Emplumada porque vestía plumas de todos los colores y llevaba una vara mágica en forma de serpiente. Usaba una máscara con la cara de un águila. Desde el pico del águila podía soplar vientos por todo el mundo.

Tezcatlipoca llevaba serpientes de cascabel alrededor de las piernas. En su pie tenía un espejo mágico negro ¡en el que podía ver todo lo que pasaba en cualquier parte!

Quetzalcóatl y Tezcatlipoca hablaron y hablaron. Era primavera y decidieron que llevarían a Diosa Hambrienta hacia abajo, al agua. Después de todo, no parecía que fuera feliz viviendo entre ellos en el aire ligero y vacío encima del mundo. Quizás el rumor de las olas la tranquilizaría.

Así, Quetzalcóatl puso a Diosa Hambrienta bajo su ala gigantesca. Tezcatlipoca ató los serpientes de cascabel de sus piernas alrededor del cuerpo de la diosa para impedir que ésta se escapara y ambos bucearon hasta la orilla espumosa del mar. "¡Tengo hambre!", gritaba. "¡Tengo hambre!"

La diosa hambrienta

Los dioses depositaron suavemente a Diosa Hambrienta en el agua para que se acostumbrara a su fría y salada superficie. Ella se quedó muy quieta. Flotaba y chapoteaba y parecía bastante contenta.

Los dioses dijeron: —Ah, es muy feliz aquí. Seguramente se le quitó el hambre.

Pero no fue así. De inmediato comenzó a gritar de nuevo: "¡Tengo hambre!"

El escándalo era insoportable para Quetzalcóatl y Tezcatlipoca.

Quetzalcóatl sopló el agua a la derecha y a la izquierda, arriba y abajo. Buceó en las profundidades del agitado mar, tratando de encontrar algo que Diosa Hambrienta pudiera comer, pero no había nada de nada. Tezcatlipoca exploró la orilla del agua por cientos de kilómetros buscando un signo de vida, pero no encontró ninguno. El mar era frío, inquieto y profundo, pero vacío.

Quetzalcóatl y Tezcatlipoca estaban muy preocupados: —¿Qué van a pensar los demás dioses si ella regresa tal como vino? —se preguntaban—. Nos pidieron que resolviéramos este problema por ser los más poderosos. ¡No podemos fallar!

14

La diosa hambrienta

De modo que Quetzalcóatl y Tezcatlipoca se transformaron en enormes serpientes y se enroscaron en el cuerpo de Diosa Hambrienta.

"Estiraremos su cuerpo hasta que ya no sienta hambre", pensaron.

Apretaron y tiraron, pero la diosa era muy fuerte y luchó contra ellos sin descanso. Los relámpagos centelleaban en el cielo y el océano rugía y se estremecía con su pelea. Era el desafío más complicado que los dioses habían enfrentado. De pronto, por accidente, la partieron a la mitad.

Se hizo un gran silencio. Quetzalcóatl y Tezcatlipoca se miraron, impactados. ¿Qué habían hecho? ¡Habían destruido una diosa! ¡La habían partido a la mitad! Quetzalcóatl tomó la mitad inferior de Diosa Hambrienta y Tezcatlipoca la superior, y llevaron los pedazos de regreso a los cielos.

Llamaron a los demás dioses y les dijeron: —Hermanos, miren lo que hicimos, ¡es terrible!

15

La diosa hambrienta

Primero, los dioses se taparon los ojos, horrorizados. Luego, uno de ellos dijo:
—Tengo una idea, usemos la mitad inferior de su cuerpo para hacer una cubierta para el mundo.

Y así se creó el firmamento.

Los dioses se quedaron mirando la parte superior del cuerpo de Diosa Hambrienta.

—Pobrecita. Miren qué cara tan triste tiene.

—¿Qué podemos hacer? Si pudiéramos hacerla feliz… —dijo otro.

De repente, los dioses tuvieron la respuesta. Decidieron que todo lo necesario para la vida humana saldría del cuerpo de Diosa Hambrienta. Transformaron su cabello en una selva rebosante de animales y sus ojos en praderas. Su boca se convirtió en ríos y arroyos llenos de peces y ranas. De su piel brotaron pastos y flores. En su nariz se formaron cuevas. Sus caderas se transformaron en montañas y su vientre en valles.

Diosa Hambrienta se volvió Madre Tierra, la tierra en la que vivimos todos. Los dioses suspiraron aliviados:

—Ah, debe ser muy feliz. ¡Qué buen trabajo hicimos!

Sonrieron y se felicitaron unos a otros. Pero se habían adelantado a los hechos. No sabían cuán hambrienta estaba realmente la diosa. Paulatinamente desde la cumbre de las montañas, y luego más fuerte desde el interior de las cavernas, y mucho más fuerte desde los rincones más oscuros de la selva, retumbó el gemido que decía: "¡Tengo haaambre, tengo haaambre!", sin detenerse ni un momento.

Hasta hoy, Diosa Hambrienta, Madre Tierra, sigue muy hambrienta y sedienta. Sabe que los mares están llenos y los bosques espesos de tantos árboles, pero su estómago se siente vacío. Cuando llueve, se bebe toda el agua. Cuando la arena cae en el océano, se la come. Cuando las hojas caen y se pudren, se las traga. Todo lo que cae en la tierra, ella lo devora. Siempre está famélica.

A veces, cuando la noche está muy tranquila y el mundo está profundamente dormido, si escuchas con atención, podrás oír el grito de Diosa Hambrienta: "¡Tengo haaambre, tengo haaambre, tengo haaambre!"

Clama sin parar, comiendo, bebiendo y creando la tierra mientras nosotros descansamos en nuestras camas.

La leyenda de Tangu Yuh

En Tehuantepec, muy al sur de México, hay un juguete que se hace especialmente para el Año Nuevo: una pequeña figura de barro de la diosa Tangu Yuh. Está vestida igual que las mujeres zapotecas que viven en Tehuantepec: lleva una amplia falda con volantes sobre una enagua blanca plisada y un huipil con brillantes bordados. Sus trenzas, entrelazadas con listones de colores, están reunidas en lo alto de su cabeza como una corona. Sus ojos son negros y relucientes, sus labios rojos como jitomates y sus brazos se extienden como para acercarte a ella.

¿Sabes por qué Tangu Yuh es especial para el pueblo de Tehuantepec en el día de Año Nuevo? Porque una vez, hace mucho tiempo, ella los visitó en esa fecha. En aquella época, todos los zapotecas vivían juntos y muy felices. Se ayudaban en todo, desde la siembra hasta la construcción de sus casas.

Su tierra siempre estuvo dividida en tres partes: norte, centro y sur. Hoy en día, como en aquel entonces, las mujeres del norte tejen hermosas telas que bordan con hilo de seda.

Los hombres de esa zona eran famosos cazadores de iguanas, venados y jabalíes.

La gente del sur eran los artistas de Tehuantepec. Hombres y mujeres trabajaban el barro y la madera y modelaban recipientes y también tambores y flautas, que tocaban toda la tarde.

La leyenda de Tangu Yuh

En la región central de Tehuantepec estaban los comerciantes. Las mujeres dirigían los mercados. Y eran los hombres los que llevaban los tejidos y las pieles de sus vecinos a las tierras altas de las montañas. Ahí intercambiaban esa mercancía por recipientes de barro verde vidriado y jícaras labradas que les gustaban mucho a los zapotecas.

En general, los zapotecas vivían en paz y cooperación mutua. Pero siempre hay problemas, incluso en el paraíso. El problema para los zapotecas era que nadie en Tehuantepec se sentía realmente especial. Los alfareros del sur pensaban con frecuencia: —Nuestras vasijas son bellas, pero también lo son los tejidos de nuestros hermanos del norte.

La gente de la región central se decía: —¡No entiendo! ¿Por qué tenemos que viajar tan lejos para comerciar con lo que hacen nuestros hermanos y hermanas? ¿Acaso somos sus sirvientes?

Pero en los cielos, los dioses estaban más que satisfechos con la armonía y tranquilidad que reinaba en Tehuantepec. Desde sus alturas, no podían ver los oscuros pensamientos y las sensaciones de enojo en las mentes y los corazones de la gente. Los dioses decidieron que los zapotecas debían verse bendecidos con la visita de uno de ellos y eligieron a Tangu Yuh como representante.

Entonces algo increíble le sucedió al pueblo de Tehuantepec en la víspera del Año Nuevo. Justo cuando los niños daban vueltas en la cama, y sus padres, recién levantados, se desperezaban para preparar el desayuno, un resplandor de relámpagos atravesó el cielo. Pero en lugar de oírse el trueno, que usualmente suena durante las tormentas, una música celestial llegó a la tierra. De pronto, extrañas criaturas con alas gigantescas de plumas de plata llenaron el cielo, tocando trompetas y palos de lluvia. Una voz mágica hizo eco en el firmamento y anunció que una diosa quería visitar al pueblo más feliz de la tierra.

¡Era Tangu Yuh! Se veía tan hermosa, con su ondeado cabello oscuro y su reluciente falda de terciopelo. ¡Mágicamente hermosa! Era tan bella que nadie podría describirla.

Los habitantes de la región del norte estaban sorprendidos de ver que la diosa traía puesto un vestido como los que ellos usaban en sus fiestas. Pero el de Tangu Yuh brillaba como el oro y sus colores eran vivísimos. La rodearon, estudiando el diseño de su traje para grabarlo en su memoria. Si lograban reproducirlo, ¡lucirían espectaculares! Era una locura.

Por los valles y las colinas, las trompetas anunciaron a los de la región del centro que era su turno. Tangu Yuh voló por el cielo del valle para llegar hasta ellos. ¡No podían creer que la diosa les hablara en su propia lengua! ¿Qué verdad celestial podría decirles acerca de sus actividades comerciales? Si escuchaban el consejo de una diosa, ¡se volverían el pueblo más rico de la tierra! Todos de la región del centro, hombres y mujeres, le hacían preguntas a gritos a Tangu Yuh al mismo tiempo. Un tremendo barullo se elevaba hacia el cielo. Nadie podía oír nada.

Finalmente, la diosa descendió sobre la región sureña. Sus habitantes corrieron a reunir sus instrumentos musicales para poder recibir a la diosa con trompetas resonantes y melodías celestiales. Se reunieron en el centro del pueblo y tocaron con todas sus fuerzas. ¡Seguramente Tangu Yuh se daría cuenta de que los habitantes de la tierra podían hacer música como los mismos dioses! Algunos soplaron tanto en sus flautas que acabaron desmayándose. Algunos golpearon sus tambores con tal ímpetu que las baquetas se

partieron por la mitad. Se formaron en procesión y marcharon hacia el centro. Todo era un desastre.

—¡Mira! Ahí vienen los del sur, tocando música —decían los del centro y del norte—. ¿Por qué tardaron tanto?

Viendo la confusión y el desorden que había causado, Tangu Yuh se preguntó: —¿Y ésta es la tierra de armonía y paz que vine a alabar?

Estaba muy desilusionada y molesta. Reunió a los seres celestiales y volaron directamente hacia las nubes.

Cuando los de la región del sur llegaron donde sus vecinos, la diosa ya había regresado a los cielos.

Los sureños se sentían muy mal. Apenas habían visto a Tangu Yuh antes de que desapareciera y acribillaron a sus vecinos con preguntas: —¿Cómo era? ¿Cómo eran sus ojos? ¿Y su voz? ¿Qué les dijo?

Pero los norteños habían estado tan concentrados en copiar el diseño de su traje que en realidad no habían observado bien a Tangu Yuh. Y los del centro le habían hecho tantas preguntas que nunca se enteraron si las había contestado o no.

El desaliento reinó en Tehuantepec. Los telares callaron y los hornos de barro se quedaron vacíos. Los zapotecas, normalmente risueños y cantarines, estaban cada vez más tristes. Esperaron y observaron el cielo durante muchos días, deseando que Tangu Yuh retornara. Pero no lo hizo, así que todos volvieron a su trabajo. Los norteños empezaron de nuevo a hilar, pero sus telas eran ahora un poco más bellas después de haber visto a Tangu Yuh. Los del centro siguieron comerciando, pero fueron un poco más justos porque se sentían bendecidos por la diosa. Y los habitantes del sur crearon una canción, con una suave y triste melodía y se la enseñaron a los del centro y del norte:

Diosa de la tierra,
¿Qué no hubiera dado por ver tus ojos?
¿Qué no hubiera dado por ver tus ojos?
¡Diosa de la tierra!

El tiempo pasó y la gente ya no les hablaba de la diosa a sus hijos. Era como si hubiera sido un sueño, flotando en la noche. Pero cada año, en la noche de Año Nuevo, todos se reunían y cantaban la canción de Tangu Yuh lenta y tristemente.

En los cielos, los dioses oían la canción y observaban a los habitantes de Tehuantepec. Notaron que los del norte hilaban telas para todos. Notaron que los del centro comerciaban con todos sus vecinos. No estaban convencidos de que otra visita de Tangu Yuh sería diferente. Pero Tangu Yuh sí lo creía. —Permitamos que mantengan la esperanza —dijo.

Así que una vez, a la mañana siguiente del Año Nuevo, cuando nadie lo esperaba, la música de las trompetas celestiales sonó en todas las plazas y una voz tronó en el centro de cada poblado: "¡Tangu Yuh! ¡Tangu Yuh!", decía.

Y el eco de esa voz alcanzó todos los rincones de la tierra y del cielo. ¡Qué alegría sintieron los zapotecas! Sin perder un instante, comenzaron a planear una fiesta en su honor, la más grande que pudieran imaginarse.

Desde entonces, el espíritu de Tangu Yuh está con ellos cada Año Nuevo, cuando se celebra su fiesta. Antes del Año Nuevo, los norteños comienzan a tejer ropa nueva. Los comerciantes del centro traen nuevos alimentos de más allá de las montañas. Cada año, los sureños componen nuevas canciones para los coros de Tangu Yuh. Pero sobre todo, los alfareros del sur hacen nuevas figuras de barro de la diosa, y cuando las piezas son retiradas del horno, se oye un murmullo que viene desde arriba. Todos los habitantes de Tehuantepec están convencidos de que cuando los alfareros logren capturar con realismo el rostro de Tanguh Yuh, ella los visitará de nuevo.

Cuando regrese, le tendrán lista su fiesta. Habrá una banda musical a la cabeza de una enorme procesión. Las banderolas ondearán en cada techo y las flores se desbordarán en cada balcón, en cada ventana. Habrá chocolate, pan dulce y mezcal, valses y danzones para bailar. Todo y todos festejarán a Tangu Yuh. Seguramente, ella volverá.

Por qué la luna es libre

¡Oh, cuánto Sol amaba a Luna! Ella era tan pálida y adorable. Sol se moría por hacerla su esposa.

—Eres más bella que las tenues nubes y más encantadora que la rosa más fresca. Te quiero sólo para mí —le dijo Sol.

Luna estaba acostumbrada a brillar en solitario por las noches y le gustaba que fuera así. Si se sentía sola, había millones de estrellas con quien hablar, los meteoros para jugar carreras con ellos y los planetas que la hacían reír.

De modo que a Luna se le ocurrió una idea y le contestó:

—Me casaré contigo, Sol, con una condición. Debes regalarme un bello traje. Me encantan los huipiles bordados. Me gustan las blusas blancas ribeteadas con listones. Y adoro las faldas largas, que flotan en el viento nocturno. Puede ser cualquier cosa, ¡pero debe quedarme perfecta, debe ser exactamente de mi talla!

Aunque estaba cansado de calentar la tierra e iluminar el cielo todo el día, Sol se quedó despierto toda la noche observando a Luna, tratando de elegir el regalo. No se decidía.

—Debes lucir aún más hermosa cuando seas mi mujer —dijo Sol—. Puedo traerte lo que quieras. Por favor dime qué te gustaría, mi amor.

Por fin decidió llevarle una falda tejida con hilo de oro y delicadas tiras de luz estelar.

—Ay, todas las estrellas envidiarán a mi nueva novia —pensó Sol.

Pero cuando Sol volvió a ver a Luna, se quedó sorprendido al descubrir que no era más que una forma muy fina, una sombra apenas de su antigua figura.

—¡Ay, mi amor! —gritó—, el amor te ha quitado el apetito. Te ves tan delgada.

Sol atravesó volando el firmamento y le pidió a su sastre personal que achicara la falda para que le quedara a la nueva Luna, larga y esbelta.

Cuando volvió, Luna, que ya había engordado un poco, no pudo deslizar la falda por sus caderas.

—¡Auch! —exclamó. Y se puso azul de tanto contener el aliento y tratar de meter su ser lunar en la estrecha falda.

—La talla es completamente incorrecta. Esta falda me está exprimiendo y dejándome sin luz.

—Ay, mi amor, lo que pasa es que ahora estás un poco más rellenita, pero esta falda te va a quedar de maravilla cuando regrese —dijo Sol.

Sol se apresuró a cruzar las montañas y le pidió al Relámpago que le añadiera a la falda unos tablones de su luz resplandeciente para que las caderas más amplias de Luna entraran sin problemas.

Pero para entonces, la Luna ya estaba un día o dos más gorda. Contuvo la respiración y contrajo el vientre lo más que pudo.

—¿Crees que estoy tan redonda como una tortilla? —gimió. Y al escaparse, su aliento heló la cara ardiente de Sol.

—¿Cómo pudiste pensar que esta falda me iba a quedar bien?

Durante treinta días, todo un mes, Sol lo intentó una y otra vez, pero nunca pudo adivinar la talla exacta de Luna. ¡Siempre cambiaba! La medía cuidadosamente para que la ropa le quedara perfecta. Pero trajera lo que le trajera —otra falda, un sombrero o un abrigo— estaba muy pequeño, apretado o suelto en el momento en que ella se lo probaba.

Por esta razón, Sol nunca pudo casarse con Luna. Ahora, todos los días, justo antes de irse a dormir al cielo del oeste, Sol observa a Luna, que a veces está delgada, a veces redonda, con frecuencia a medio camino, pero siempre brillando con su centelleante luz plateada. Y lo único que le queda es contemplarla del otro lado del cielo cuando cae la noche.

Y cada noche, antes de acostarse, el Sol suspira larga y tristemente por su amor rechazado. Y cada noche, mientras atraviesa el cielo, Luna ríe de placer y de alivio.

Verde Ave

Hace mucho, mucho tiempo, cuando el sol invernal caía en el valle de Oaxaca y las doradas caléndulas, los tempestuiles, brotaban en la pradera, Gran Jaguar, el rey zapoteca, decidió que su hija debía casarse.

—¿Quién merecerá a mi hija, la hermosa e inteligente joven Kesne? —se preguntaba.

Subió por la estrecha escalera del Templo de los Guerreros. Cuando llegó a lo alto de la pirámide, tuvo una visión de poder tan grande, que sus ojos se cegaron con la luz del día.

—¡Ya sé! —gritó—. Elegiré al hijo de mi rival, Siete Lagartos, para que se case con Kesne. Entonces, él y yo reinaremos juntos más allá de las enormes montañas, hasta el mar interminable.

Llamó a su hija Kesne al templo. Pero Kesne no acudió. Estaba en lo más profundo del valle, tendida bajo la sombra de un árbol de mangle en el jardín de un hombre llamado Tidacuy. Kesne amaba a Tidacuy con toda el alma.

Cuando Gran Jaguar se enteró, estaba enfurecido. Mandó a sus generales a invadir el jardín y traer a Kesne. Cuando ella llegó le dijo: —He decidido que debes casarte con el hijo de Siete Lagartos. Prepárate para la boda.

El corazón de Kesne se heló y su cuerpo se estremeció de ira.

Verde Ave

—No, Papá —dijo desafiante—. Le he prometido mi vida a Tidacuy y a ningún otro.

Gran Jaguar se quedó estupefacto. Convocó a los magos a su corte: —Les ordeno castigar a Kesne con sus hechizos —gritó.

Y así lo hicieron; los magos transformaron a la princesa rebelde en un pájaro de largo y reluciente plumaje verde. La princesa Kesne, ahora llamada Verde Ave, emprendió el vuelo, alejándose de su hogar para siempre.

Verde Ave sintió vergüenza y tristeza por su nueva forma y se ocultó en la selva para llorar su desgracia. Pero los pájaros de la jungla construyeron una gran enramada para darle refugio. Cada mañana le traían flores de los matorrales silvestres y granos raros y deliciosos para que comiera.

Un día, dos águilas descendieron en la selva trayendo noticias: —¡Gran Jaguar ha muerto! —graznaron acercándose al hogar secreto de Verde Ave.

En lo más hondo de su corazón, Verde Ave tenía la esperanza de que su padre la

30

perdonara algún día. Y se daba cuenta de que la maldición pesaría sobre ella por siempre. Verde Ave se tendió en su lecho de hojas recién recogidas y apenas se movía.

Mientras tanto en el palacio, en la penumbra de su alcoba, la madre de la princesa Kesne, Diosa Serpiente, recibió la noticia de la muerte de su esposo. Diosa Serpiente no había dejado entrar la luz del sol para calentar su cuerpo desde el destierro de su hija. No había vuelto a abrir las ventanas a los olores y sonidos de la tierra.

Antes de la muerte de Gran Jaguar, Diosa Serpiente había visitado a los magos muchas veces para pedirles pociones que le devolvieran a su hija, pero siempre la habían rechazado. —Una princesa que abandona a su familia está más allá de nuestras capacidades mágicas —le decían. Pero la verdad era que temían a la cólera de Gran Jaguar.

Ahora que Gran Jaguar se había ido, Diosa Serpiente volvió a la cámara de los magos. Y en esta ocasión, sin nada que temer, revelaron el secreto del encantamiento de Kesne y le dijeron a la reina que Tidacuy seguía esperando a la princesa, pues su amor por ella era tan fuerte como antes.

Con estas noticias alegrándole el corazón, Diosa Serpiente siguió una bandada de coloridos tucanes que la condujo a donde estaba la princesa Kesne. Cuando encontró a su hija en lo profundo de la selva, se arrodilló a su lado y dijo:

—Kesne, mi hija, vine a buscarte porque tu cruel castigo no dejaba de atormentarme. Ahora, los magos del palacio me han dicho cómo puedes convertirte otra vez en mujer, pero es peligroso revertir la magia de los dioses. Los hechiceros tienen miedo. Nos ruegan aplacar la voluntad del fiero gran dios, Corazón del Cielo, para que no los castigue ni nos castigue por despreciar sus dones. Nos tomará semanas, quizá meses, seguir los mandamientos mágicos y me preocupa pensar que no lo lograremos. Esto es lo que debemos preparar: trece cántaros llenos de lágrimas recién vertidas; un tapete tejido con plumas de todos los colores del arcoiris de diez brazos de largo y de ancho, y por último, otros trece cántaros con néctar de todas las flores de la selva. Con estos regalos, esperamos suavizar la ira de Corazón del Cielo para que escuche nuestras plegarias.

La noticia de los regalos que le pedían a Verde Ave pronto se difundió en toda la selva y los pájaros se reunieron en grandes bandadas, dispuestos a ayudar. Cuando la madre de Verde Ave colocó trece cántaros en la colina más alta, todas las jóvenes tórtolas de la jungla se acercaron llorando a raudales para llenarlos.

Y cuando Diosa Serpiente colocó otros trece cántaros en la ladera de la montaña, una enorme nube de colibríes se reunió para conseguir el néctar de cada flor de la selva y lo depositaron gota a gota hasta llenarlos.

Finalmente, pericos y tucanes, grajillas y garzas, se arrancaron las plumas más hermosas con sus propios picos. Luego las tejieron en un deslumbrante tapiz, que era diez veces más grande de lo que los magos habían pedido.

Llevando todos los regalos consigo, Diosa Serpiente viajó al templo de los dioses. Se tendió boca abajo y alzó el rostro para hablar con Corazón del Cielo.

—¡Oh, Corazón del Cielo, dios de mi pueblo! ¡Aquí están los regalos que Verde Ave te ofrece para que la liberes! Trece cántaros contienen las lágrimas de las tórtolas que lloraron la desgracia de la princesa Kesne. Los otros trece cántaros están llenos del néctar más dulce y precioso. Tus aves más extraordinarias han donado sus plumas para crear un enorme tapiz, que cubre los escalones de este lugar sagrado. Libera a mi hija del castigo furioso de su propio padre.

Mientras hablaba, las lágrimas de Diosa Serpiente fluían de sus ojos, bañándola en una alberca de agua llena de flores. En el firmamento, Corazón del Cielo, el más orgulloso de los dioses, miró a esa madre decidida a salvar a su hija. Se dio cuenta de que Diosa Serpiente no pedía nada para ella misma, como muchos otros que pedían su socorro. Corazón del Cielo decidió deshacer el hechizo, que sólo él podía dejar sin efecto.

De pronto, un relámpago cruzó el cielo. En lo profundo de la selva, Verde Ave despertó con esa luz que reverberaba. Tembló de miedo y, con cada estremecimiento, las plumas se desprendieron del cuerpo de Verde Ave, que se convirtió de nuevo en mujer.

Poco después, la princesa Kesne fue proclamada la nueva reina de los zapotecas. Tidacuy, su rey, estaba a su lado. El jardín del palacio se llenó con los sonidos de aves cantoras. Todos los días, Diosa Serpiente disfrutaba, como nunca, sentarse en el soleado jardín a escuchar a las aves que se llamaban unas a otras, anunciando las noticias de la selva.

Blancaflor

Había una vez un hombre llamado Pedro, quien era un jugador empedernido. Durante el día trabajaba sin parar, pero por más que lo intentaba, no podía evitar quedarse apostando toda la noche. Apostaba absolutamente todo. Casi siempre perdía.

Finalmente, perdió todo lo que tenía: dinero, casa y rancho. Una noche, de camino a casa, rumiando y gruñendo, elevó sus ojos a la luna y dijo: —Vendería mi alma al Diablo por un poco más de dinero para jugar cartas.

Inmediatamente, apareció frente a él un hombre con un manto negro, montado en un caballo que relinchaba con furia.

—Soy el Diablo —dijo—. ¿Qué deseas?

—Dinero en mi bolsillo y cinco años de buena suerte sin falla, eso es todo —replicó Pedro.

—Concedido —dijo el Diablo—. Pero en cinco años deberás ir a mi casa, donde te daré tres órdenes que debes seguir. Me encontrarás en los Llanos de Berlín en la Hacienda de Qui-quiri-quí.

Y así, desde ese momento, cada vez que apostaba, Pedro jugaba con la suerte del Diablo. Todo lo que tocaba se multiplicaba. Tenía un enorme rancho, cientos de hectáreas de tierra, miles de cabezas de ganado y todo el oro que deseaba. Pero al terminar los cinco años, sabía que tenía que enfrentarse al Diablo de nuevo y saldar sus cuentas.

Reunió provisiones y ensilló al caballo más resistente que pudo y se puso en camino hacia los llanos de Berlín. Después de un mes de cabalgar, llegó a la orilla del mar. Divisó una aislada casita y dentro halló a un viejo ermitaño que calentaba sus huesos frente a una pequeña fogata.

—Buenos días, señor —dijo Pedro—. Busco los Llanos de Berlín y la Hacienda de Qui-quiri-quí.

—He vivido en este desierto por cien años —dijo el ermitaño—, y nunca he oído hablar de ese lugar. Pero como soy el amo de los peces del mar, los llamaré y les preguntaré cómo llegar a los Llanos de Berlín y a la Hacienda de Qui-quiri-quí.

De la boca del viejo ermitaño salió un penetrante silbido y, en un instante, todos los peces subieron a la superficie del agua.

—Amigos del mar, ¿dónde están los Llanos de Berlín y la Hacienda de Qui-quiri-quí? —preguntó el anciano.

Ninguno de los peces pudo contestar.

—A unos veinte días de camino de aquí vive mi hermano, que es aún más viejo que yo —dijo el ermitaño—. Seguramente él podrá ayudarte.

Pedro cabalgó por veinte días y finalmente llegó a la casa del hermano, en lo profundo de la selva virgen.

—Busco los Llanos de Berlín y la Hacienda de Qui-quiri-quí —dijo Pedro.

—He vivido aquí durante más de cien años —dijo el ermitaño—, y nunca he oído hablar de ese lugar. Pero puesto que soy el amo de los animales de la tierra, los llamaré y les preguntaré cómo llegar a los Llanos de Berlín y a la Hacienda de Qui-quiri-quí.

El ermitaño contuvo el aliento y, con todas sus fuerzas, lanzó un penetrante silbido. Todos los animales de la selva, de las montañas y de los valles se reunieron ante su puerta. Pero ninguno de ellos pudo contestar. A la mañana siguiente, el ermitaño mandó llamar al león, su mensajero especial.

—Tenemos otro hermano, que vive en lo profundo del desierto. Tal vez él pueda ayudarte.

Pedro montó el lomo del león y, aferrándose a su melena, se dirigieron al desierto para buscar al tercer y último ermitaño.

—Hola, buen hombre —dijo el anciano ermitaño, cuando llegaron hasta su puerta—. ¿Qué te trae hasta este seco y solitario lugar?

—Busco los Llanos de Berlín y la Hacienda de Qui-quiri-quí —le respondió Pedro.

—He vivido aquí durante quinientos años —dijo el ermitaño—, y nunca he oído hablar de ese lugar. Pero puesto que soy el amo de las aves, las llamaré y les preguntaré cómo llegar a los Llanos de Berlín y a la Hacienda de Qui-quiri-quí.

Su áspero y penetrante silbido resonó en el enrarecido aire del desierto. Aves de todos colores y plumaje aparecieron en el acto, pero cuando las nombró y contó, notó que faltaba el águila. El ermitaño silbó una y otra vez y a la cuarta llamada, el águila aterrizó ante ellos.

—¿Sí, amo? —dijo el águila—. Oí tu llamada, pero estaba lejos, muy lejos, en los Llanos de Berlín, cerca de la Hacienda de Qui-quiri-quí.

—¡Muy bien! —exclamó el ermitaño—. Mañana, montarás en el lomo de esta reina de las aves, y llegarás a tu destino.

A la mañana siguiente, Pedro sobrevoló las cimas de las montañas montado en la poderosa águila. A medida que se acercaban a la casa del Diablo, el cielo se volvía oscuro y tormentoso. El águila le dijo a Pedro que no tuviera miedo, justo cuando aterrizaban.

—Si sigues mis instrucciones, no tendrás nada que temer —afirmó—. Mira hacia tu derecha, hacia ese bello estanque en la distancia. Espera ahí hasta que tres palomas lleguen a bañarse. En realidad, se trata de tres hermosas muchachas. Las dos primeras llegarán juntas. No les hables. Se irán y llegará una tercera, sola. Es la más joven y la más especial de las hijas del Diablo. Su nombre es Blancaflor. Debes encontrar la manera de hablarle porque ella puede ayudarte.

Después de un rato, dos palomas aterrizaron suavemente en la orilla del estanque y, en un parpadeo, las plumas cayeron de sus cuerpos a medida que se internaban en el agua. Pedro hizo lo recomendado y se mantuvo en silencio mientras volvían a transformarse en palomas y volaban hasta las nubes. Entonces, una delicada paloma blanca aterrizó con suavidad. La paloma comenzó a cantar y sus plumas cayeron a su alrededor como pétalos de flores.

Pedro estaba hechizado por el canto y no pudo evitar acompañarla con su voz. Blancaflor lo descubrió y en lugar de sorprenderse, le sonrió ampliamente.

—Tiene usted una voz muy afinada, señor —le dijo.

En un santiamén, Pedro le contó su historia a Blancaflor, de cómo su mala fortuna se había transformado en oro y la razón por la que había venido a los Llanos de Berlín.

Cabizbaja, Blancaflor comenzó a llorar. Con gran tristeza, le contó cuánta maldad había visto en su vida como hija del Diablo.

—No quiero que abusen de ti y te engañen como a todos los demás —le dijo—. Te ayudaré a salir de este atolladero con mi padre, el Diablo, y mi madre, la Diablesa. Ellos no sabrán que te ayudo porque creen que por las noches estoy encerrada en mi habitación bajo siete candados de hierro. Mi padre, el Diablo, y mi madre, la Diablesa, no saben que con un aliento mágico que sople sobre ellos, los candados se abren y yo puedo salir volando.

Blancaflor le dijo a Pedro exactamente qué hacer: —No aceptes nada que mi padre te ofrezca. Cuando te invite a quedarte en la casa, dile que prefieres la sucia cabañita que está junto al corral de los animales. Cuando te ofrezca deliciosos manjares, dile que prefieres comer tortillas viejas, duras y llenas de moho.

En ese preciso momento, el Diablo apareció: —Buenos días, mi amigo. Bienvenido a nuestro hogar; ven, acompáñanos.

—No, gracias —dijo Pedro. Estaré más cómodo en la sucia cabañita junto al corral de las vacas.

—Bueno, pero ven a comer algo.

—No, gracias, señor. No estoy acostumbrado a la comida fina. Mi estómago no la soportaría. Prefiero comer tortillas duras.

—Muy bien —dijo el Diablo, pensando que Pedro era un tipo muy extraño—. Pero es mejor que comas y descanses bien, porque en tres días, te daré la primera de las tres órdenes que debes obedecer.

A la tercera noche, el Diablo apareció en la entrada de la cabaña de Pedro. Señaló con su larguirucho y afilado dedo al frente.

—He venido con mi primera orden. Mira esa montaña en la distancia. A medianoche, ve por ella y tráela; quiero que la pongas en la hacienda, en el jardín.

Pedro corrió a buscar a Blancaflor.

—¿Cómo lo haré? —gritaba—. ¡Sólo un mago podría mover esa montaña!

—Pues yo lo soy —le respondió ella.

Cuando el reloj dio la medianoche, Blancaflor agitó su brazo y la montaña se desprendió. Levantó el brazo y la montaña se elevó entre las nubes y aterrizó justo al lado de la casa del Diablo.

Al amanecer, el Diablo salió de su casa y quedó estupefacto.

—Vieja, ¡lo hizo! —le gritó a su mujer.

—Pensaría que esto es obra de nuestra hija Blancaflor, pero es imposible. Ella estuvo encerrada en su habitación toda la noche. Las siete llaves que llevo colgadas en la cintura no han sido tocadas.

Entonces el Diablo regresó con Pedro y le dijo: —Prepárate para mi segunda orden. Me apetece mucho darme un baño al levantarme de la cama. Esta noche traerás el estanque que está junto al maizal, aquí a mi casa. Quiero remojar los pies en el agua en cuanto me despierte mañana. Usa esta canasta para transportarlo —dijo, con una feroz carcajada.

Pedro creyó que esa era una misión realmente imposible y corrió a buscar a Blancaflor para declararse derrotado.

—Tranquilo, amigo mío. No te preocupes, yo lo haré por ti.

Esa noche, mientras todos dormían, Blancaflor fue hasta el estanque, y con su larga falda, barrió el agua hasta dejarla al lado de la cama de su padre.

Cuando el Diablo se despertó, se quedó sin aliento al encontrar el agua burbujeante al lado de su cama.

—¡Mujer! —llamó a su esposa— ¡Trajo el estanque hasta nuestra alcoba!

—Si no fuera porque confío en los siete candados y sus llaves —dijo la Diablesa— diría que esto es obra de Blancaflor.

La siguiente orden del Diablo fue que Pedro montara en un caballo que no había sido domado.

—Eso lo puedo hacer sin tu ayuda —le dijo Pedro a Blancaflor.

Ella se rió tanto que se cayó de su silla.

—No, no sabes lo que dices. Por supuesto, necesitarás mi ayuda. ¡El caballo en cuestión no es un simple animal, sino el mismo Diablo! Esto es lo que debes hacer. Cuando llegues al establo, encontrarás unas espuelas, una silla de montar y una brida, colgados de unos ganchos. Dales una patada a las espuelas y aléjalas lo más posible de ti, porque son mis dos hermanas. No toques la silla de montar, porque es mi madre. Y ten cuidado con la brida, porque soy yo. Toma el gran garrote que verás en un rincón, y cada vez que el caballo se encabrite y salte, golpéalo en la cabeza con todas tus fuerzas. El garrote es mágico.

Pedro nunca había montado un caballo sin espuelas, pero las sacó del establo de una patada en cuanto entró. Trazó un gran círculo alrededor de la silla de montar y la brida, asegurándose de no tocarlas. Y en cuanto al caballo, por supuesto, se encabritó y saltó endemoniadamente. Pero Pedro se aferró a su lomo y lo golpeó una y otra vez con el garrote. Después de tres horas, un desgreñado y sudoroso animal fue conducido de nuevo al establo y Pedro se dirigió a la hacienda a buscar al Diablo.

—Mi amo está en cama, lo golpearon en la cabeza —le dijo un sirviente—. Se reunirá con usted más tarde.

—Ahora mi padre debe estar muy, muy enojado —dijo Blancaflor—. Debemos escapar de inmediato.

Abrió los siete candados de su habitación como sólo ella sabía hacerlo, tomó algunas de sus pertenencias y escupió tres veces en el suelo. Ella y Pedro montaron en su caballo y galoparon veloces como el viento.

La Diablesa fue la primera en sospechar. Corrió a la alcoba de Blancaflor y la llamó a gritos.

—Buenos días, madre —contestaron las tres gotas de saliva que habían salido de la boca de Blancaflor.

Cuando su hija menor no apareció a la hora de la comida, su madre fue a llamarla de nuevo.

—Buenas tardes, madre. No me siento bien —contestaron los escupitajos, con voz debilitada, pues estaban casi secos.

Cuando la muchacha no apareció a la hora de la merienda, su madre corrió a la habitación y gritó: —Blancaflor, sal de ahí inmediatamente.

—Buenas noches, madre. Estoy enferma—, susurró la saliva, que se había secado casi por completo.

La Diablesa tomó las llaves de su cinturón, abrió los siete candados y entró en el cuarto, que estaba a oscuras. Blancaflor se había ido.

Dándose cuenta de lo ocurrido, la Diablesa se enfureció y llamó al Diablo: —¡Apúrate! Vamos tras ellos.

Montaron en sus caballos y cabalgaron hacia los llanos. En la distancia, lograron ver a sus víctimas. Los Diablos estaban a punto de alcanzarlos, pues Pedro y Blancaflor montaban el mismo caballo, que ya estaba muy, muy cansado.

Cuando vio que sus padres estaban a punto de atraparlos, Blancaflor buscó en su bolsa y sacó su cepillo. Lo lanzó sobre su hombro y en cuanto tocó tierra, se convirtió en un matorral espinoso. Pero el Diablo pudo atravesarlo y ya estaba casi al lado de ellos. En ese momento, Blancaflor buscó en su bolsa, sacó su espejo y lo arrojó al suelo, donde instantáneamente se transformó en un gran lago. El Diablo y su esposa tuvieron que dejar sus caballos en la orilla y nadar para alcanzar a su hija.

El Diablo quedó exhausto y se acostó a descansar, pero su mujer lo apresuró. Pronto llegaron a la casa de un viejecito que tomaba el sol en la entrada.

—Buenos días, señor, ¿ha visto a un hombre y una mujer cabalgando por aquí? —preguntó ella.

—Melones y sandías —contestó él.

La Diablesa se puso roja de coraje.

—Le pregunté que si ha visto hoy a una pareja montada en un caballo —gruñó.

—Elotes y calabazas —respondió el viejo, pues Blancaflor lo había hechizado para que de su boca no salieran más que palabras sin sentido.

Finalmente la Diablesa, empapada hasta los huesos y más cansada que nunca, se rindió y abandonó la búsqueda.

Pedro y Blancaflor almorzaron al otro lado del lago.

—Mi pueblo está muy cerca de aquí —dijo él—. Iré a casa para contarles a todo el mundo que vivirás conmigo y luego vendré por ti.

—¡Qué bien! Me parece maravilloso —dijo Blancaflor—. Pero no debes besar ni abrazar a nadie. Si lo haces, te olvidarás de mí. Es la maldición por ser hija del Diablo.

Pedro llegó a su pueblo. Se negó a besar a su propia madre, aunque ella estaba loca de alegría de verlo. No besó a sus hermanas, que corrieron hacia él llenas de emoción. Pero cuando su anciana abuela se acercó y le abrió los brazos, su corazón se derritió de ternura y olvidó la promesa que le había hecho a Blancaflor. En cuanto los brazos de la abuela lo rodearon, Blancaflor se borró de su memoria.

Pobre Blancaflor. Esperó hasta el atardecer y luego se quedó dormida a un lado del camino. Cuando se despertó a la mañana siguiente, se dio cuenta de que la maldición del Diablo la había alcanzado.

¿Qué podía hacer? La muchacha se sentó a la sombra de un mangle y pensó, y pensó. Los habitantes del pueblo la encontraron y le ofrecieron comida. Todos se preguntaban quién era esa bella muchacha y de dónde había venido, pero pronto se ocuparon de sus asuntos y también olvidaron a Blancaflor.

Tres días más tarde, sólo había una cosa en la mente de los aldeanos: ¡la gran fiesta para celebrar el regreso de Pedro! Todos los habitantes del pueblo estaban invitados. Entre los invitados que llegaban a la casa de la familia del joven, estaba una bella muchacha, que llevaba una bandeja de plata con dos palomas.

Pedro observó admirado a la joven, pero luego se distrajo saludando a sus amigos. La muchacha se acercó a él y dijo: —Palomitas, cuenten la historia de Blancaflor y la promesa olvidada.

Todos prestaron atención a las aves que piaban y gorjeaban. Por supuesto, las palomas eran mágicas y pronto contaron la historia del Diablo, la Diablesa, el estanque, el caballo, el cepillo, las gotas de saliva y todas las aventuras de Pedro y Blancaflor. Pedro tenía los ojos desorbitados de sorpresa y dijo: —Gracias, es una bonita historia, pero no es la mía y debo volver a atender a mis invitados.

Entonces la muchacha sonrió y comenzó a cantar. En un instante, los ojos de Pedro se empañaron de emoción y comenzó a recordar el estanque, el par de palomas que llegó primero y a la hermosa Blancaflor, que se había transformado de paloma en su salvadora mágica.

—¡Blancaflor! —gritó—, reconociéndola en el acto.

Cayó de rodillas y le pidió perdón. —No es necesario que supliques —dijo ella—, pero me gustaría casarme contigo.

Pronto se celebró la boda de Pedro y Blancaflor y vivieron felices por siempre. Pedro nunca volvió a apostar. A él y a su esposa les gustaba cantar a dúo, cuando trabajaban y cuando descansaban. ¿Y sabes qué? Algunas veces, cuando Blancaflor quería algo con todas sus fuerzas, usaba sus poderes mágicos para conseguirlo. Después de todo, ¡era la hija del Diablo y había aprendido algunos trucos muy, muy especiales!

45

La Virgen de Guadalupe

La leyenda de Nuestra Señora de Guadalupe comenzó hace mucho tiempo, en el año 1531. Un día, justo al amanecer, un pobre hombre llamado Juan Diego salió de su casa para ir a la iglesia. Apenas estaba aprendiendo a ser cristiano; era algo nuevo para él. Antes de la conquista de los españoles, los indígenas practicaban su propia religión con muchos y poderosos dioses y diosas. Pero los españoles les prohibieron a los indios seguir practicándola y destruyeron todos los templos aztecas.

Por eso, cuando Juan Diego se arrodillaba en la iglesia y se sentía un poco extraño, siempre añadía una plegaria especial y muy suya.

—Por favor —pedía—, somos extraños para ti. Apenas estamos aprendiendo esta fe. Ayúdanos a encontrar nuestro camino.

En aquella mañana de diciembre, como siempre, Juan Diego pasaba por el árido cerro del Tepeyac, en el que nada crecía salvo arbustos resecos y cactos espinosos. Desperdigadas por todas partes estaban las piedras que alguna vez habían formado parte del Templo de Tonantzín, Madre del Maíz y Madre de la Tierra. Al cruzar el área más desierta de la ladera del cerro, se quedó sorprendido al oír en su dirección una bella música, cuyas notas hacían eco en las colinas y los valles.

"¿Estoy soñando? ¿Estoy caminando dormido? Nuestros ancestros hablaban de una tierra celestial llena de música y flores. ¿Estaré ahí?", se preguntaba Juan Diego.

La Virgen de Guadalupe

Automáticamente se persignó, pues había aprendido a hacerlo, y los cantos se volvieron más suaves. Entonces oyó una voz que lo llamaba: —Juanito, Juan Dieguito...

Tembló de miedo, pero se obligó a poner un pie delante del otro y subir por el cerro.

Cuando llegó a la cumbre, se quedó maravillado. Sobre el cerro del Tepeyac había un arco de luz que irradiaba todos los colores imaginables. En su centro estaba una mujer morena, vestida con fluidas prendas. Su rostro estaba rodeado por un rebozo tejido con hilos de oro. Y el brillo de la luz que la rodeaba atravesaba el peñasco en el que estaba parada y resplandecía como fuego.

—Hijo mío —susurró—, ¡acércate!

Juan Diego se acercó y cayó de rodillas, pues sabía que ella era la Santa Virgen.

—¿Juanito, a dónde vas?

—Oh, Madre —respondió—, voy a tu casa, la iglesia de Tlatelolco. Los curas ahí nos han estado enseñando sobre tu religión.

—Escucha con atención, mi hijo —dijo ella—, soy la Virgen, Santa María, Dadora de Vida, Creadora y Primera Madre. Ve ante el obispo y dile que quiero que se construya una iglesia para mí en este cerro del Tepeyac. Una vez que la construyan, protegeré al pueblo de México para siempre.

De pronto, el arco de luz redujo su intensidad y se desvaneció. En un instante, la Virgen desapareció.

Juan Diego se dirigió a la Ciudad de México a pedir audiencia con el obispo Fray Juan de Zumárraga. A medida que el día avanzaba, se sentía cada vez más asustado. ¿Cómo podría un hombre pobre ser recibido por el obispo? ¿Y si no le creía su historia? ¿Hablaría el obispo su lengua, el náhuatl?

Juan Diego estaba lo suficientemente asustado para dar marcha atrás, pero cada vez que pensaba en hacerlo, la luz de la Virgen aparecía en el sendero delante de él.

Finalmente, llegó al palacio del arzobispado en la Ciudad de México y tímidamente se acercó a la entrada. Los guardias miraron su rostro cansado y su ropa vieja.

—¡Vete! ¡Fuera de aquí, mendigo! —le gritaron—. Éste es un lugar importante.

Juan Diego no se movió.

—He venido a ver al obispo; tengo que darle un mensaje importante.

Los soldados se burlaron de él.

—¿Y qué cosa importante tendría que decirle un mendigo al obispo? —se dieron palmadas en la espalda y volvieron a reír.

Juan Diego no se movió y repitió una y otra vez: —Tengo que ver al obispo. He venido desde el Tepeyac.

Estuvo ahí toda la tarde y la noche. Los guardias le dieron un poco de agua para beber y muy pronto se quedó dormido en la entrada. Finalmente, a la mañana siguiente, fue admitido en el palacio, donde de nuevo tuvo que esperar horas y horas, hasta que el obispo apareció.

Juan Diego le contó su historia: —…Y ella quiere que su iglesia se construya en el cerro del Tepeyac —dijo, con fuerza y seguridad en la voz.

El obispo le sonrió al pobre campesino. Había aprendido mucho sobre su religión y con mucha rapidez.

—Tienes que volver a verme otro día —dijo.

El camino de regreso fue muy difícil. Sintió que le había fallado a la virgen y también al pueblo de México.

Al llegar al cerro del Tepeyac, al atardecer, escuchó de nuevo la música celestial. Entonces, la Virgen apareció por segunda vez frente a él.

—Madrecita, te he fallado —lloraba Juan Diego—. El obispo creyó que estaba inventando una historia. No soy digno de ti.

—No, Juanito. Tú eres el mensajero que elegí.

—¿Qué puedo hacer?

—Quiero que regreses ante él y repitas la petición de construir un templo en este cerro en mi honor. Vuelve a decírselo.

Juan Diego, lleno de determinación, se encaminó a la ciudad de México. Pero se encontró con los mismos crueles guardias en la puerta del palacio.

—¿Qué quieres? ¿Molestar a su señoría otra vez? ¡Vete de aquí! —gritaron.

—Pero tengo que hablar con él. Esta vez me creerá, estoy seguro.

Juan Diego y los guardias discutieron durante una hora hasta que el propio obispo oyó sus gritos y quiso ver qué sucedía.

De nuevo, Juan contó la historia. Y de nuevo, el obispo quedó impresionado con su profunda y auténtica fe, pero esta vez pensó que tal vez se estaba dejando llevar por ella en exceso. No quería desalentarlo porque era un excelente ejemplo, así que le dijo: —Debes traerme una señal milagrosa para probar tu historia, mi querido Juan. Por favor espera a que suceda un milagro antes de volver aquí.

"Eso lo mantendrá tranquilo en su casa, donde debe estar", pensó el obispo.

Juan Diego retornó como pudo al cerro del Tepeyac. Ahí, una vez más, la Virgen apareció ante él. Le dijo que el obispo no estaba convencido y que le había pedido una prueba antes de volver a verlo. La Virgen sonrió y dijo: —Si regresas aquí mañana al amanecer, como el día en que me viste por primera vez, te daré algo que hará que él te crea sin que le quepa duda alguna.

Juan Diego apenas durmió esa noche. Estaba desesperado por dejar atrás a esos guardias y lograr el respeto del eclesiástico. Pero cuando despertó a la mañana siguiente, recibió una terrible noticia. Su tío más anciano, que dependía de él, estaba muy, muy enfermo, ardiendo de fiebre. A medida que avanzó el día, su tío estaba cada vez más débil, y cuando estaba a punto de morir, Juan se dirigió a una iglesia en la plaza de Tlatelolco para buscar a un cura que escuchara la última confesión de su tío. Temía encontrarse con la Virgen, pues eso lo retrasaría, así que tomó una ruta que le evitaría pasar por el cerro del Tepeyac.

Justo cuando iba a llegar a la iglesia, vio a la Virgen. Se sentía muy culpable por no obedecer sus órdenes y cayó de rodillas para suplicar su perdón.

—Juanito, no sólo estás perdonado por tu bondad, sino que haré que tu tío recobre la salud —dijo ella—. Ahora ve al cerro y tráeme todas las rosas que puedas envueltas en tu tilma.

Juan Diego estaba muy confundido, pues las rosas nunca crecían en diciembre. Pero cuando llegó a la cima, encontró un jardín de bellísimas rosas brotando por todas partes, entre los arbustos. Reunió tantas como pudo, las envolvió en los pliegues de su manto y corrió a encontrarse con la Virgen.

Ella tomó la tilma en sus brazos y la bendijo. Luego le dijo a Juan Diego que le llevara las flores al religioso, pero que se asegurara de que nadie abriera la tilma para verlas.

—Y vuelve a decirle al obispo que la Virgen de Guadalupe cuidará de los indígenas de México por siempre.

La Virgen de Guadalupe

Juan emprendió el camino por tercera vez. Pero cuando apenas había dado unos cuantos pasos, escuchó un extraño sonido, como el de agua que corre. Al volverse, vio que aunque la Virgen había desaparecido, en el punto exacto donde había estado, un manantial de agua clara había brotado de la tierra. Armado de nuevos ánimos y esperanza, Juan se apresuró a llegar al palacio.

Los guardias le advirtieron que era su última oportunidad de ver al obispo.

—Si te volvemos a ver por aquí, pasarás unos meses en prisión, hablándole a la Virgen —le advirtieron.

Cara a cara con el hombre de la iglesia, Juan comenzó a hablar con voz temblorosa.

—Señor, la Santa Virgen, nuestra Gran Madre, volvió a aparecer ante mí y me indicó que fuera a recoger rosas en el cerro del Tepeyac, donde nunca antes han crecido y que las guardara envueltas en mi tilma. Me prometió que serían la prueba de su visita y de su deseo de que se construya un templo dedicado a ella, la Virgen de Guadalupe.

—Veamos tus rosas, hijo mío —dijo el prelado, preguntándose qué hacer con el confundido campesino que tenía delante.

Cuando Juan Diego abrió su tilma, tanto él como el obispo se quedaron sin aliento. Cayeron de rodillas para rezar, pues en la burda manta desplegada se veía la imagen completa de la Virgen morena. Sus ojos, su rostro y su manto resplandecían en el tejido como si ella misma estuviera presente.

El religioso sabía que estaba en presencia de un milagro.

Primero, colocó la tilma sagrada en una pequeña capilla de la iglesia. Ése fue sólo el comienzo. Al día siguiente, acompañado por todos los sacerdotes de la ciudad de México, visitó al tío de Juan Diego y presenció su milagrosa cura de la enfermedad que había estado a punto de matarlo.

Entonces, una larga procesión encabezada por Juan Diego subió al cerro del Tepeyac. Llegaron al punto en el que la Virgen se había aparecido por primera vez, donde ahora brotaba un manantial. El obispo y todos los sacerdotes se arrodillaron y le rezaron a la Virgen. Le prometieron que se construiría una iglesia en ese lugar, tal como ella lo había solicitado.

En cuanto a Juan Diego, no se quedó en su pequeño poblado. Pasó el resto de su vida en una casita de adobe junto a la capilla de la Virgen en el Tepeyac. Desde entonces, cuidó celosamente la imagen de la Virgen estampada en su tilma, ahora en exhibición en un altar especial en la capilla.

Pronto, la noticia del milagro se difundió por todo México. Grandes multitudes llegaban al cerro y quedaban maravilladas al ver la imagen sagrada.

Ahora, cada diciembre, los peregrinos viajan desde todos los puntos del país para visitar el cerro del Tepeyac, donde actualmente se erige un enorme templo, llamado Basílica de Nuestra Señora de Guadalupe. Hay procesiones y danzas. Se transportan cruces recién pintadas hasta el cerro. En la mañana del 12 de diciembre, antes de que salga el sol, todos los peregrinos le dan serenata a la Virgen. Se encienden fuegos artificiales y las campanas de las cinco en punto anuncian la celebración de la primera misa.

Entonces, todos entran a la basílica cubierta de flores como ofrenda a la Virgen. Ese día, todos en México —ricos y pobres, jóvenes y viejos— se sienten especialmente reconfortados y protegidos por el espíritu de Nuestra Señora de Guadalupe. Después de todo, prometió que cuidaría a todos, hace mucho tiempo, cuando apareció por primera vez ante Juan Diego en el árido cerro del Tepeyac.

Malintzín de la montaña

Malintzín era una mujer que podía hablar en muchas, muchas lenguas. Y era muy bella. Era una princesa azteca de nacimiento. Pero una vez, cuando los poderosos aztecas fueron vencidos en batalla y su padre perdió todas sus tierras, fue vendida como esclava. Sus dueños eran tabasqueños, hombres que comerciaban por todo México.

Cuando se convirtió en esclava, Malintzín sintió que su vida se terminaba. Lo había perdido todo. Pero tenía su fortaleza espiritual. A pesar de su gran tristeza, aprendió varias lenguas, náhuatl, mixteca y maya, porque sus dueños habían viajado a muchos lugares. Aprendió todo lo que pudo, pues nunca olvidaba que era una princesa y soñaba con volver a ser libre.

Cuando los españoles llegaron a México con sus caballos galopantes y armaduras relucientes, Malintzín se quedó pasmada. Nunca había visto barcos con velas que ondeaban al viento. Nunca había visto cascos y armaduras brillando al sol. ¿Y sus rostros color de rosa y sus largas barbas? ¿Quiénes eran esos hombres? Muchos indígenas estaban asustados.

Pero no Malintzín. Ella era hija de reyes. Los tratantes la vendieron como sirvienta al jefe de los españoles, Hernán Cortés, quien estaba decidido a conquistar todo México como premio para sus gobernantes, los reyes de España. Al poco rato, trabajando al lado de Cortés y sus hombres, Malintzín aprendió una lengua más, el español, el idioma de los extraños visitantes, y pronto pudo entender todo lo que decían. Cortés se dio cuenta de lo inteligente que era Malintzín. Comenzó a pedirle consejos acerca de la tierra y las costumbres del nuevo continente que estaba explorando y la recompensaba con alabanzas y regalos por su ayuda.

Pero después de trabajar con Cortés durante muchos meses, algo extraño le sucedió a Malintzín. Decidió ayudarlo a conquistar a los aztecas, ¡su propio pueblo! ¿Cómo pudo hacer eso?

Algunos dicen que Malintzín se enamoró de Cortés y que lo amaba tanto, que trataba de ayudarlo en todo lo posible. Otros argumentan que como ella había sido princesa y lo había perdido todo, aprovechó ingeniosamente la oportunidad de devolverse el poder y el bienestar, que por nacimiento le correspondían. Otros más dicen que como Malintztín esperaba que Cortés conquistara a los aztecas, quería influir en él y hacerlo un gobernante más justo. Nadie lo sabe con certeza. Lo que sí sabemos es que en ese tiempo, el rey azteca era Moctezuma, un poderoso gobernante cuyos deseos eran inmediatamente obedecidos. Moctezuma construyó monumentos en piedra a lo largo de su reinado y los decoró con oro, jade y piedras preciosas.

Un día, un mensajero llegó a la corte azteca para anunciar que unos desconocidos habían llegado en dos pirámides flotantes y que marchaban hacia la ciudad de Tenochtitlán, hacia el trono de Moctezuma. De pronto, Moctezuma tuvo una visión. En su mente, vio al gran espíritu del dios Quetzalcóatl que regresaba para salvar a su pueblo. Después de todo, los aztecas creían que Quetzalcóatl volvería con un rostro blanco y una larga barba. Y se sabía que Quetzalcóatl había enterrado su tesoro en las montañas. Seguramente ahora lo reclamaría.

Moctezuma convocó a sus más veloces mensajeros, los ornamentó con las más finas joyas y oro, y se preparó para la llegada del espíritu de Quetzalcóatl.

Hernán Cortés presidió la procesión española de caballos y estandartes en su entrada a Tenochtitlán y a su lado estaba Malintzín. Cuando llegaron a la ciudad, sólo ella pudo hacerle preguntas a Moctezuma y sólo ella pudo entender las respuestas. Sonrió al ver los regalos que Moctezuma le presentaba a Cortés y sus hombres: collares, pectorales de oro y coronas de flores para sus cabezas. Malintzín convenció a Moctezuma y a toda la nobleza azteca de que le dieran a Cortés todo lo que pidiera. ¡Todo! Oro, joyas, plumas finas ¡y chocolate! Malintzín ayudó a Cortés a engañar a los aztecas para que le entregaran todas sus riquezas.

Durante mucho tiempo Malintzín no se dio cuenta de lo cruel que era Cortés. Él y sus hombres nunca estaban satisfechos con los regalos que recibían. Eran insaciables. Todo el mundo sabe que los conquistadores son codiciosos. Querían ser los reyes de México y que todos los mexicanos trabajaran para ellos. Odiaban la religión y las costumbres de los aztecas. Cuando Moctezuma finalmente se dio cuenta de que Hernán Cortés era un desalmado invasor de una tierra extraña, y no Quetzalcóatl, su espíritu se quebró.

Poco después, los aztecas se negaron a aceptar las crecientes demandas de los conquistadores. Los españoles, que poseían caballos y armas de fuego, aprisionaron a los aztecas, incluyendo a Moctezuma. Forzaron a los nobles mexicanos a revelar dónde estaban sus tesoros. Mataron a todos los que se negaron a hacerlo.

Lentamente, Malintzín abrió los ojos a la crueldad de Cortés. Se dio cuenta de que él habría hecho cualquier cosa por tener más oro. Sintió que había traicionado al pueblo de México. Lloró y lloró sin parar, hasta que se formó un río a su alrededor y Malintzín flotó alejándose de Cortés y de su palacio. Se alejó flotando, sola.

Malintzín de la montaña

Un fuerte viento sopló y la depositó en la cima de una montaña. El nombre de la montaña era Texocotepec, el cerro de los tejocotes, árboles cubiertos con frutos amarillos. La montaña tenía fuego en su interior y muchas cuevas. Malintzín vivía en lo más profundo de una de ellas. Todas las noches lloraba a mares y se arrancaba sus largos cabellos negros. Sus lamentos se escuchaban en el viento. Lloraba por todas las cosas terribles que el pueblo mexicano había soportado desde que los españoles llegaron.

Malintzín vivía con los Nahuaques, quienes tenían el poder de enviar lluvia desde las nubes para que todo creciera. A veces los Nahuaques se cansaban, se fastidiaban y retenían las lluvias. Con el tiempo Malintzín aprendió a contentarlos. Dentro de las cuevas de los Nahuaques crecían muchas plantitas: calabazas, jitomates y maíz tierno. Malintzín aprendió a hacer listones con las hojas de los elotes y ataba moños amarillos, blancos y rojizos en los tallos de esas plantas. Los moños hacían muy felices a los Nahuaques. Les encantaban los moños. Cuando veían los moños de cintas multicolores en las plantas, comenzaban a sonreír y finalmente mandaban nubes de lluvia sobre Texocotepec.

59

Malintzín sintió que finalmente tenía un hogar y los Nahuaques la tenían encantada. Desde el alba hasta el atardecer, mientras había luz, era muy feliz. Cada día, a las doce, cuando el sol estaba más reluciente y la cumbre de las montañas brillaba como oro, los Nahuaques traían sus clarines dorados y tambores gigantes y marchaban alrededor de la cima de Texocotepec. Malintzín se unía al desfile, calentándose al sol.

Un día, un general con muchos soldados llegó muy cerca del cerro y trató de conquistar a la gente que vivía en los pueblos en la base del cerro. Hizo que todos los hombres, mujeres y niños de la región trabajaran día y noche para él. Los trataba como esclavos. Entonces se fue, retorciendo con soberbia su gran bigote negro.

¡Pero no fue lo suficientemente rápido! Mientras se alejaba de Texocotepec, un rayo bajó del cerro y lo alcanzó. El general desapareció en medio de una pequeña humareda.

¿Cómo sucedió eso? Dicen que desde el valle, la gente vio a una gran mujer cubierta con joyas sentada justo donde el rayo había caído. Estaba trenzando su larga cabellera, pero no había lágrimas en sus ojos, sino una sonrisa. Y la montaña se estremeció de risa.

Dicen que ahora Malintzín es una enorme mujer que luce decenas de collares de coral, jade y ámbar que los Nahuaques le han dado. Y cuando hay un problema en alguna parte de México, cuando la gente se levanta para luchar por sus derechos, Malintzín llama a los Nahuaques, que tocan los clarines y redoblan sus tambores doblemente fuerte. Su música les da valentía y esperanza a los que luchan por la justicia.

Todavía, cuando los mexicanos sufren, Malintzín se pone muy triste, llora y llora. Y por eso, aún cuando los Nahuaques están enojados y no dejan caer la lluvia que alimenta los campos, siempre hay una alfombra de flores multicolores al pie del cerro de Texocotepec. Las flores siempre encuentran agua que beber en el estanque de las eternas lágrimas de Malintzín.

Fuentes

¿No estoy yo aquí, tu madre?

El poema de la portadilla fue tomado de la introducción escrita por Ana Castillo, de *Goddess of the Americas; La Diosa de las Américas: Writings on the Virgin of Guadalupe* editado por Ana Castillo, reproducido con autorización de la editorial, Riverhead Books, una división de Penguin Putnam, Inc.

Rosha y el sol

Encontré este relato en la colección de una biblioteca en San Miguel de Allende, Guanajuato, México. La colección fue compilada por Ermilo Abreu Gómez y se titula *Leyendas y consejas del antiguo Yucatán* (Editorial Dante, Mérida, Yucatán, 1993). Hay excelentes publicaciones sobre la mitología maya, por ejemplo, *Mayan Folktales: Folklore from Lake Atitlan, Guatemala*, de James D. Sexton (Anchor Books, Doubleday Co., Nueva York, 1992), *The People of the Bat*, recopilado y traducido por Robert M. Laughlin y editado por Carol Karasik (Smithsonian Institution Press, Washington D. C., 1988), y *Aztec and Maya Myths* de Karl Taube (British Museum Press, Londres, 1993).

La diosa hambrienta

La historia de Diosa Hambrienta es un relato fundacional azteca que representa la característica unión de la vida y la muerte en la mitología mexicana. Encontré distintas versiones de este cuento en "The Great Earth Monster" en *Mexican and Central American Mythology* de Irene Hamlyn (Paul Hamlyn, Londres, 1967), el ya mencionado *Aztec and Maya Myths* de Karl Taube y *The Hungry Woman: Myths and Legends of the Aztecs* de John Bierhorst (William Morrow, Nueva York, 1984).

La leyenda de Tangu Yuh

Encontré esta leyenda en *A Treasury of Mexican Folkways* de Frances Toor (Crown Publishers, Nueva York, 1947). Otra leyenda que también habla del origen de los festivales es "The Origin of Music" en el antes mencionado *The Hungry Woman* de John Bierhorst. La cultura de Tehuantepec está particularmente bien descrita en *Mexico South, The Isthmus of Tehuantepec* de Miguel Covarrubias (A. A. Knopf, Nueva York, 1946), y en un video documental, producido y dirigido por Ellen Osborne y Maureen Gosling, titulado *A Skirt Full of Butterflies* (Film Arts Foundation, San Francisco, California, 1995).

Por qué la luna es libre

La única versión que encontré de este cuento está en *Yaqui Myths and Legends* de Ruth Warner Giddings (University of Arizona, Anthropological Papers, Tucson, Arizona, 1959). Sin embargo, me familiaricé con las ideas y creencias de los yaqui al leer, en particular, *The Mythology of Mexico and Central America* de John Bierhorst (William Morrow, Nueva York, 1990) y *A Treasury of Mexican Folkways* de Frances Toor (Crown Publishers, Nueva York, 1947).

Verde Ave

Esta historia de Verde Ave está basada más cercanamente en una versión grabada que encontré en una publicación mientras visitaba Oaxaca, México, en 1995. La publicación es *Myth and*

Fuentes

Magic: Oaxaca Past and Present, editada por el Palo Alto Cultural Center, California. La historia de una persona transformada en ave es un tema frecuente en el folclore mexicano. Otras versiones incluyen "The Bird Bride" y "Lord Sun's Bride" en *The Monkey's Haircut: And Other Stories Told by the Maya*, editado por John Bierhorst (William Morrow & Co., Nueva York, 1986), y "Marikita the Lovely" en *Two Guadalupes: Hispanic Legends and Magic Tales*, editado por Marta Weigle (Ancient City Press, Santa Fe, Nuevo México, 1987).

Blancaflor

Se trata de un relato tradicional que se cuenta con frecuencia para ilustrar el poder y los logros de la mujer. Mis fuentes incluyen *Magic Moments* o *Momentos mágicos* de Olga Loya, con texto bilingüe (August House, Little Rock, Arkansas, 1997), *Mexican Folktales from the Borderland* de Riley Aikens (Southern Methodist University Press, Dallas, Tejas, 1980) y *Folktales of Mexico* de Américo Paredes (University of Chicago Press, Chicago, 1970). Una versión ligeramente distinta de la misma historia es "Rosalie" en el ya mencionado *The Monkey's Haircut* de John Bierhorst.

La Virgen de Guadalupe

La leyenda de la Virgen de Guadalupe está en el corazón de la cultura mexicana. He utilizado numerosas versiones para mi narración: *Legends from Mexico* o *Leyendas de México* de Genevieve Barlow y William N. Stivers, una edición bilingüe (National Textbook Company, Lincolnwood, Chicago, 1995), *Folktales of Mexico* de Américo Paredes (ver arriba), *Of the Night Wind's Telling* de E. Adams Davis (University of Oklahoma Press, Norman, Oklahoma, 1946), *Magic Moments* o *Momentos mágicos* de Olga Loya, con texto bilingüe (ver arriba), *Guadalupe, Our Lady of New Mexico* de Jacqueline Orsini Dunnington (Museum of New Mexico Press, Santa Fe, Nuevo México, 1999) y *Goddess of the Americas; La Diosa de las Américas: Writings on the Virgin of Guadalupe* de Ana Castillo (Riverhead Books, Nueva York, 1996).

Malintzín de la montaña

Malintzín es una mujer que provoca controversia en la historia mexicana. Algunos la odian por haber traicionado a su pueblo y otros comprenden cómo una mujer de su época pudo haber errado en su juicio. Así como Moctezuma, el gran emperador azteca, pensó que Cortés era un redentor en vez de un opresor, Malintzín se enamoró del militar español, sólo para descubrir más tarde su crueldad. Esta versión encontrada en *The Boy Who Could Do Anything & Other Mexican Folk Tales* de Anita Brenner (William R. Scott, Inc., Nueva York, 1946), habla del arrepentimiento de Malintzín por sus errores y de su dedicación a su pueblo desde entonces.

Descubrí la leyenda de Malintzín cuando Marie Brenner me dijo que su tía, Anita Brenner, había grabado cuentos tradicionales mexicanos en los años cuarenta y pude encontrar una edición de esta antología. La historia de Malintzín también es contada por John Bierhorst en *The Hungry Woman* (ver arriba) y en *The Discovery and Conquest of Mexico, 1517-1521* de Bernal Díaz del Castillo (Maudslay, A. P., ed., Harper & Brothers, Nueva York y Londres, 1928). Una perspectiva completa de su posición en la cultura es ofrecida por Sandra Messinger Cypess en *La Malinche in Mexican Literature: From History to Myth* (University of Texas Press, Austin, Tejas, 1991).

Glosario

Barullo: desorden, confusión, mezcla de gente o cosas de varias clases.

Caléndula: planta herbácea que brota cada año. También se conoce como maravilla.

Colibrí: ave originaria de América, pequeña y con pico largo y fino. Vuela haciendo vibrar las alas a gran velocidad.

Enagua: prenda de vestir para mujeres que se utiliza debajo de la falda.

Guajolote: del nahua *huexolotl*. Pavo.

Hacienda: rancho, finca con animales y sembradíos.

Huipil: del nahua *huipilli*. Especie de blusa o falda adornada que usan las mujeres indígenas.

Jade: piedra muy dura, semitransparente de color blanco o verde con manchas, que suele hallarse entre las rocas. Muchas de las herramientas prehistóricas están hechas de este mineral.

Jícara: del nahua *xicalli*. Vasija pequeña de madera, ordinariamente hecha de la corteza del fruto de la güira o de loza, que suele emplearse para tomar chocolate u otros alimentos.

Maizal: terreno sembrado con maíz.

Mangle: arbusto de tres a cuatro metros de altura, con ramas largas y extendidas. Crece en los países tropicales, y las hojas, frutos y corteza se emplean en utensilios.

Rebozo: capa o manto de colores brillantes que usan las mujeres.

Telar: máquina para tejer. Fábrica de tejidos.

Tilma: manta o sarape de algodón o lana. Derivado de la palabra náhuatl *tilmatli* que significa manta rala. Cuando esa manta se halla tejida con ixtle, o fibra de maguey, se le denomina *áyatl* o *ayate*.

Tórtola: ave silvestre de unos tres decímetros de longitud desde el pico hasta la terminación de la cola. Tiene plumaje gris cenizo, pico agudo negruzco y pies rojizos.

Barefoot Books
Celebrating Art and Story

En Barefoot Books, celebramos el arte y los cuentos con libros que hablan a los corazones y las mentes de los niños de todos los orígenes. Así esperamos animarlos a que lean más, busquen más allá y exploren sus propios dones artísticos. Inspirándonos en muchas culturas diferentes, buscamos temas que alienten la independencia de espíritu, el entusiasmo por el aprendizaje y la aceptación de otras tradiciones. Preparados cuidadosamente por autores, ilustradores y narradores de cuentos de todo el mundo, nuestros productos combinan lo mejor del presente con lo mejor del pasado para educar a nuestros niños y hacer que ellos, a su vez, sean capaces de cuidar a otros en el futuro.

www.barefootbooks.com

ESTADOS

MÉXICO

BAJA CALIFORNIA

Golfo de California

YAQUIS

SIERRA MADRE OCCIDENTAL

MESETA

MEXICANA

León

Guadalajara

SIERRA

N

Océano Pacífico